D1106521

Para Arwen, mi bebé de primavera.
V. P. - S.

A mi hija Violeta, que llegó un 21 de marzo
cargada de primavera y días de sol.
R. D. R.

Papel certificado por el Forest Stewardship Council®

MIXTO
Papel procedente de
fuentes responsables
FSC® C117695

Primera edición: marzo de 2020

Selección de Vanesa Pérez-Sauquillo
© 2020, Vanesa Pérez-Sauquillo, por el prólogo y los poemas de las páginas 3, 5, 6, 7, 8, 10, 11, 12, 13, 14, 16,
18, 19, 20, 22, 25, 26, 28, 30, 31, 32, 33, 35, 37, 39, 40, 44, 45, 48, 49, 51, 53, 57, 62, 63.
© Mar Benegas, por el poema de la página 9, perteneciente al libro:
A juego lento-taller de poesía, Editorial Litera (2007)
© Ana Alonso, por el poema de la página 11
© Leire Bilbao, por el poema de la página 15 perteneciente al libro: *Xomorropoemak*,
Editorial Pamiela (2016) y su traducción a *Bichopoemas y otras bestias*, Editorial Kalandraka (2019)
© Carlos Reviejo, por el poema de la página 36
© Abdul Hadi Sadoun, por el poema de la página 37
© Carmen Gil, por el poema de la página 41 perteneciente a *El libro de las hadas*, Editorial Toromítico (2007)
Los poemas de Vanesa Pérez-Sauquillo: «Vecinos nada normales (ordinales)», la adivinanza de la margarita, «Los
mejores ruidos», «El país de los besos», «La canción del planeta» y «Deja que te pinte un cuento»
fueron originalmente publicados en *Los increíbles Mun. Recursos para el día a día en el aula
(3, 4 y 5 años)*. Madrid, Santillana Educación (2016)
El poema de Vanesa Pérez-Sauquillo «Una mamá de cuento» fue originalmente publicado en *Historias de papel.
Lecturas. 1º Primaria*. Madrid, Santillana Educación (2015)
Los poemas de Vanesa Pérez-Sauquillo: «Las margaritas», «La amapola», «El tulipán», «El Día del Libro» y
«¡Viva el Conejo de pascua!» fueron originalmente publicados en *La fiesta de las estaciones*, Beascoa (2017)
© 2020, Raquel Díaz Reguera, por las ilustraciones
© 2020, Penguin Random House Grupo Editorial, S. A. U.
Travessera de Gràcia, 47-49. 08021 Barcelona
© Vanesa Pérez-Sauquillo, por la traducción de los poemas de las páginas 7, 21 y 27

Penguin Random House Grupo Editorial apoya la protección del *copyright*. El *copyright* estimula la creatividad,
defiende la diversidad en el ámbito de las ideas y el conocimiento, promueve la libre expresión y favorece una
cultura viva. Gracias por comprar una edición autorizada de este libro y por respetar las leyes del *copyright* al no
reproducir, escanear ni distribuir ninguna parte de esta obra por ningún medio sin permiso. Al hacerlo está
respaldando a los autores y permitiendo que PRHGE continúe publicando libros para todos los lectores.
Diríjase a CEDRO (Centro Español de Derechos Reprográficos, http://www.cedro.org)
si necesita fotocopiar o escanear algún fragmento de esta obra.

Printed in Spain – Impreso en España

ISBN: 978-84-488-5461-4
Depósito legal: B-432-2020

Compuesto por Magela Ronda
Impreso en Soler Talleres Gráficos
Esplugues de Llobregat (Barcelona)

BE 5 4 6 1 A

Penguin
Random House
Grupo Editorial

UN POEMA PARA CADA DÍA DE PRIMAVERA

Vanesa Pérez-Sauquillo
Raquel Díaz Reguera

Lumen

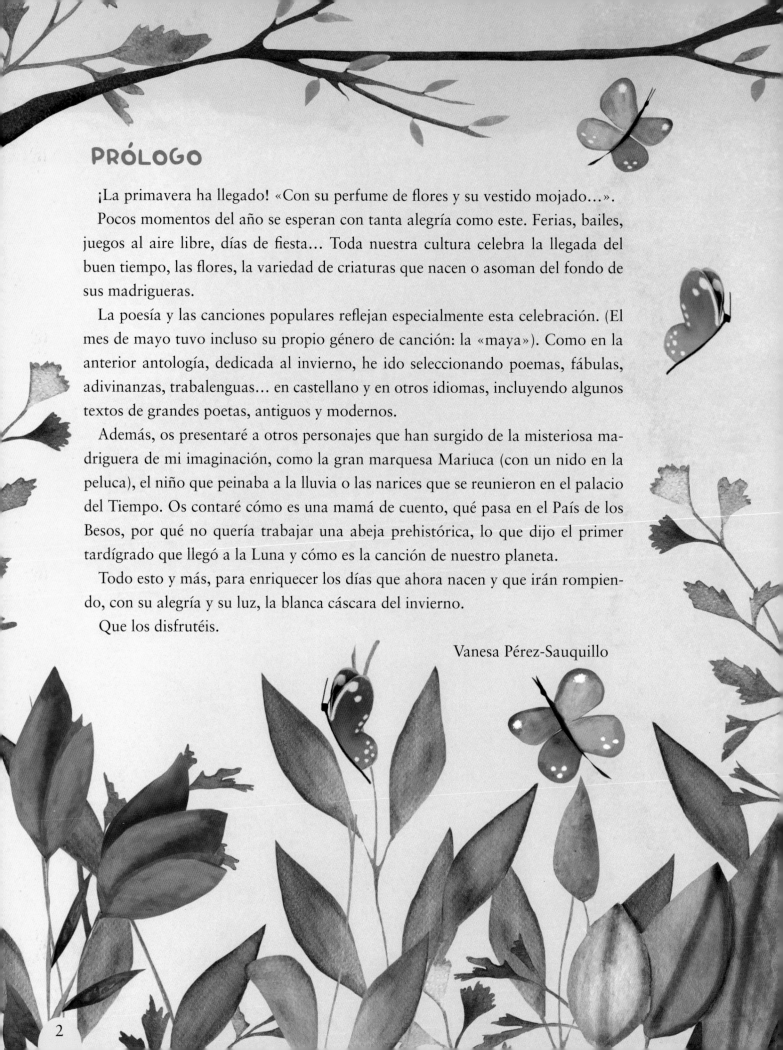

PRÓLOGO

¡La primavera ha llegado! «Con su perfume de flores y su vestido mojado…».

Pocos momentos del año se esperan con tanta alegría como este. Ferias, bailes, juegos al aire libre, días de fiesta… Toda nuestra cultura celebra la llegada del buen tiempo, las flores, la variedad de criaturas que nacen o asoman del fondo de sus madrigueras.

La poesía y las canciones populares reflejan especialmente esta celebración. (El mes de mayo tuvo incluso su propio género de canción: la «maya»). Como en la anterior antología, dedicada al invierno, he ido seleccionando poemas, fábulas, adivinanzas, trabalenguas… en castellano y en otros idiomas, incluyendo algunos textos de grandes poetas, antiguos y modernos.

Además, os presentaré a otros personajes que han surgido de la misteriosa madriguera de mi imaginación, como la gran marquesa Mariuca (con un nido en la peluca), el niño que peinaba a la lluvia o las narices que se reunieron en el palacio del Tiempo. Os contaré cómo es una mamá de cuento, qué pasa en el País de los Besos, por qué no quería trabajar una abeja prehistórica, lo que dijo el primer tardígrado que llegó a la Luna y cómo es la canción de nuestro planeta.

Todo esto y más, para enriquecer los días que ahora nacen y que irán rompiendo, con su alegría y su luz, la blanca cáscara del invierno.

Que los disfrutéis.

Vanesa Pérez-Sauquillo

21 DE MARZO
UN MUNDO NUEVO

Ya suena el despertador
y el Mundo se despereza.
Deja su cama de nieve.
Mira la naturaleza:

«¡En los árboles hay nidos!
¡Del hielo no queda nada!
¡La primavera ha venido!
¡La tierra está preparada!».

—¡Venid, animales, flores!
—grita el Mundo, que es poeta—:
¡Venid con vuestros colores!
¡Venid, bebés del planeta!

»¡Y que broten las semillas!
¡Que se abran todos los huevos!
¡Llenadme de maravillas!
¡Quiero ser un mundo nuevo!

Vanesa Pérez-Sauquillo

3

22 DE MARZO
DICE EL REFRÁN...

La primavera
la sangre altera.

Flores
son amores.

(Popular)

23 DE MARZO
ABUELO
QUE VUELA Y BAILA
(TRABALENGUAS)

¡Válgame, válgame el cielo!
Baila que baila el abuelo.
Baila aunque el suelo se caiga.
—¿Bailo? ¡No bailo! ¡Yo vuelo!

Vuela que vuela la abuela.
¡Válgame, válgame el cielo!
Baila aunque el suelo se caiga.
—¿Bailo? ¡No bailo! ¡Yo vuelo!

¡Válgame, válgame! Bailan
sobre una flor de ciruelo.

Tener abuelos que bailan
es un regalo del cielo.

Abuelo que vuela y baila,
y que baila y vuela abuela,
y que baila
       y vuela,
          vuela.

Vanesa Pérez-Sauquillo

24 DE MARZO
DE LOS ÁLAMOS VENGO,
MADRE

De los álamos vengo, madre,
de ver cómo los menea el aire.

De los álamos de Sevilla,
de ver a mi linda amiga,
de ver cómo los menea el aire.

De los álamos vengo, madre,
de ver cómo los menea el aire.

(Canción tradicional)

25 DE MARZO
LOS MEJORES RUIDOS

Dentro de las caracolas
hay un misterio intrigante:
se oye el rumor de las olas
y a veces... ¡un elefante!

Si al agujero de un árbol
acercamos el oído,
oiremos roncar al búho
que, de día, está dormido.

Pero los mejores ruidos
son los de una madriguera,
porque gritan los ositos:
«¡Ya llega la primavera!».

Vanesa Pérez-Sauquillo

26 DE MARZO
EL PINTOR DEL VIENTO

Hace tanto, tanto tiempo
que no sé cómo ni cuándo,
un pintor que amaba el viento
se hizo famoso pintando.

«¡El pintor de lo invisible!»,
llamaron a este pintor
que consiguió algo imposible:

al pintar el viento en flor…
retrató tres duendecillos
volando en un tenedor.

Vanesa Pérez-Sauquillo

27 DE MARZO
LA PASTORETA

—Què li donarem a la pastoreta?
Què li donarem per anar a ballar?
—Jo li donaria una caputxeta
i a la muntanyeta la faria anar.

A la muntanyeta no hi neva ni hi plou
i a la terra plana tot el vent ho mou.

Sota l'ombreta, l'ombreta, l'ombrí,
flors i violes i romaní.*

(Canción popular catalana)

* **La pastorcita:** —¿Qué le daremos a la pastorcita? / ¿Qué le daremos para ir a bailar? / —Yo le daría una capuchita / y a la montañita la haría marchar. // En la montañita ni nieva ni llueve / y en la tierra plana todo el viento mueve. // A la sombra, la sombra, sombrita, / flores, romero y violetitas.

28 DE MARZO
LA MARMOTA
Y EL LIRÓN

La marmota y el lirón
han dormido como fieras.
La marmota y el lirón,
en distintas madrigueras.

La marmota y el lirón,
(yo no sé cómo ha pasado),
la marmota y el lirón
se han despertado abrazados.

La marmota y el lirón,
abrazados y al revés.
La marmota y el lirón,
oliendo al otro los pies.

El lirón, que es más pequeño,
está un poco mareado.
—¡Qué loco ha sido este sueño!
La marmota dice: —¡Y raro!

La marmota y el lirón:
dos roedores chiquititos.
La marmota y el lirón
no pueden ser más bonitos.

Vanesa Pérez-Sauquillo

29 DE MARZO
ADIVINA, ADIVINANZA...

Un árbol con doce ramas.
Cada rama, cuatro nidos.
Cada nido, siete pájaros,
y cada cual su apellido.

(Solución: el año, los meses y
los días de la semana)

Vanesa Pérez-Sauquillo

30 DE MARZO
PRIMAVERA
¿QUIÉN LA ESPERA?

¡Que llega! ¡Que llega!
¡Que llega la primavera!
¿Quién la espera?

Todos van a la carrera
ni un alma en la madriguera
Hay un gusano en la higuera
que avisa a cualquier cualquiera
que acerca su cabellera:

¡Que llega! ¡Que llega!
¡Que llega la primavera!
¿Quién la espera?

Bichos raros y peludos,
patilargos y orejudos,
con cuernos, hasta barbudos,
y los alados forzudos
que van sobre los zancudos.

¡Que llega! ¡Que llega!
¡Que llega la primavera!
¿Quién la espera?

Vienen los bichos curiosos,
los de colores vistosos,
vienen también los babosos,
hasta los más horrorosos
y los que pringan pringosos.

¡Que llega! ¡Que llega!
¡Que llega la primavera!
¿Quién la espera?

Todos la están esperando,
despiertan de su letargo
y con gran algarabía,
presos de enorme alegría,
desde el monte hasta al jardín
salen a darse un festín.

Mar Benegas

9

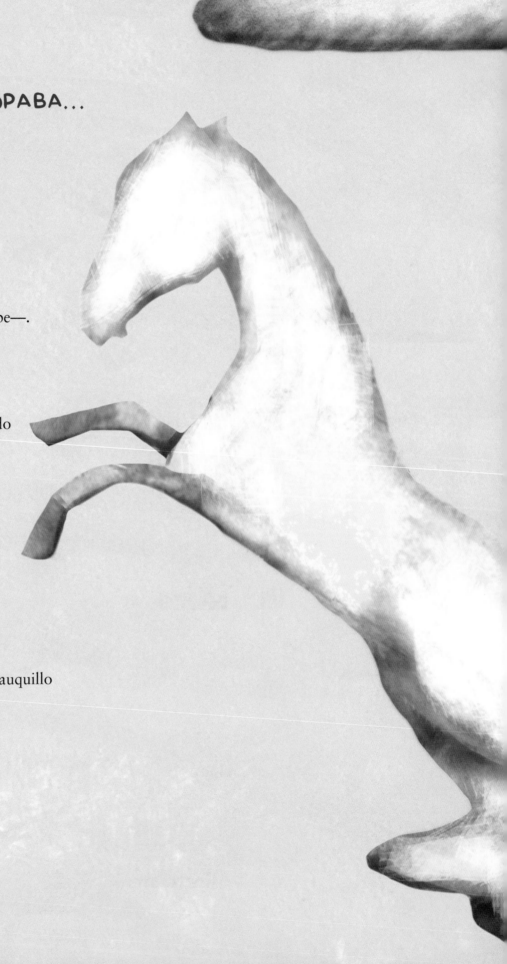

31 DE MARZO
GALOPABA, GALOPABA...

Galopaba, galopaba,
galopaba sin parar
una manada de nubes
sobre la tierra y el mar.

La más pequeña de todas
tomó forma de animal.

—¡Cuidado! —gritó otra nube—.
¡No te vayas a chocar!

—¡No te preocupes, galopa!
—dijo entonces su papá—:
El mundo es grande y redondo
y en el cielo no hay final.
No tiene muros, ni puertas,
ni ventanas de cristal.

Y la nube pequeñita,
con su forma de animal,
se puso al frente de todas,
galopando, sin parar.
Galopando, galopando,
sobre la tierra y el mar.

Vanesa Pérez-Sauquillo

1 DE ABRIL
HUMOR DE PRIMAVERA

Si hace sol, quiero que llueva,
si llueve, quiero calor,
si hace calor, quiero nieve,
si hay nieve, que vuelva el sol.

Ay, Cielo, no me hagas caso,
que yo en el fuego me hielo
y en agua helada me abraso.

Si llueve, que lluevan besos,
si hay sol, que haya mariposas,
si nieva, quiero trineos,
si hay tormenta, quiero rosas.

Confundo todas las cosas,
pero sé bien lo que quiero,
lo que tú no puedes darme:
viento, nube, sol y cielo.

Ana Alonso

2 DE ABRIL
DEJA QUE TE PINTE
UN CUENTO

—Corazón, ven un momento.
Deja que te pinte un cuento.
—¿Y cómo se pinta eso?
—Una línea muy bonita
que termina con un beso.

—Corazón, ven, pinta un beso.
—¿Y cómo lo represento?
—Una línea muy bonita
que termina como un cuento.

—Corazón, ven a pintar.
Y tú, lápiz, ¡a volar!

Vanesa Pérez-Sauquillo

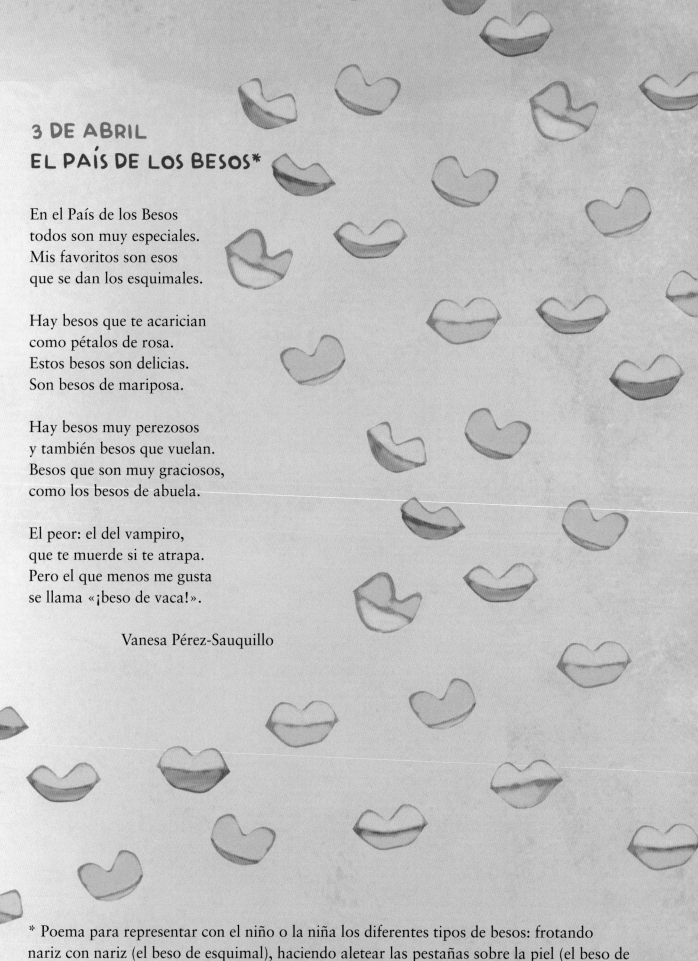

3 DE ABRIL
EL PAÍS DE LOS BESOS*

En el País de los Besos
todos son muy especiales.
Mis favoritos son esos
que se dan los esquimales.

Hay besos que te acarician
como pétalos de rosa.
Estos besos son delicias.
Son besos de mariposa.

Hay besos muy perezosos
y también besos que vuelan.
Besos que son muy graciosos,
como los besos de abuela.

El peor: el del vampiro,
que te muerde si te atrapa.
Pero el que menos me gusta
se llama «¡beso de vaca!».

Vanesa Pérez-Sauquillo

* Poema para representar con el niño o la niña los diferentes tipos de besos: frotando nariz con nariz (el beso de esquimal), haciendo aletear las pestañas sobre la piel (el beso de mariposa), bostezando con los perezosos… hasta llegar al largo lametazo del beso de vaca.

4 DE ABRIL
LA PRIMA VERA

¡Ya llega la prima Vera!
¡Que ya llega! ¡Ya ha llegado!
Con su perfume de flores
y su vestido mojado.

Hemos limpiado la casa,
desde el sótano al tejado.
Ya están las sábanas nuevas
en el cuarto de invitados.

Trae muchísimos regalos
(está loca de remate):
cachorritos y polluelos
y huevos de chocolate.

Le encanta contarnos cuentos
y llevarnos a las ferias,
bailar con el pelo al viento,
reír de las cosas serias…

Cuando, después de tres meses,
se marcha en su caracol,
nunca nos quedamos tristes:
¡nos deja llenos de sol!

Vanesa Pérez-Sauquillo

5 DE ABRIL
DICE EL REFRÁN...

En abril, aguas mil.

Nunca llueve a gusto de todos.

(Popular)

6 DE ABRIL
TORMENTA EN UN VASO

Nube que te lluvia,
lluvia que te charco,
charco que te bota,
bota que te salto,
salto que te trueno,
trueno que te rayo,
rayo que te susto,
susto que te abrazo.

Pasó la tormenta,
tormenta en un vaso.

Vanesa Pérez-Sauquillo

7 DE ABRIL
PUTZUKO TXALAPARTA

euria ari du ari du euria euria ari du
ari du euria ari du euria ari du
euria du ari euria du ari euria ari du eri
u r d u r i   u r d u r i   u r d u r i a
e r i   e r i   e r i a
a r i   a r i   a r i
du du du du du
i a   i a   i a

        e

                u

        r

               i

       i

                i   a

                    i

iiiiiiiiiiiiiiiiiiiiiiiiiiiiiiiiiiiiiiiiiiiiiiiiiiiiiiiiiiiiiiiiiiiiiiiiiiiiiiiiiiiii

ari du putzuan
plista-plasta, plisti-plost
ttakun ttakun ttakun!*

                  Leire Bilbao

* En el charco: Llovía todavía todavía llovía / llovía todavía todavía llovía / toda toda toda toda / la la la la la / vía vía vía vía / v / o / l / v / i / i / i / i iiiiiiiiiiiiiiiiiiiiiiiiiiiiiiiiiiiiiiiiiiiiiiiiiiiiiiia / a / llenarse el charco / de una dulce melodía. Leire Bilbao.

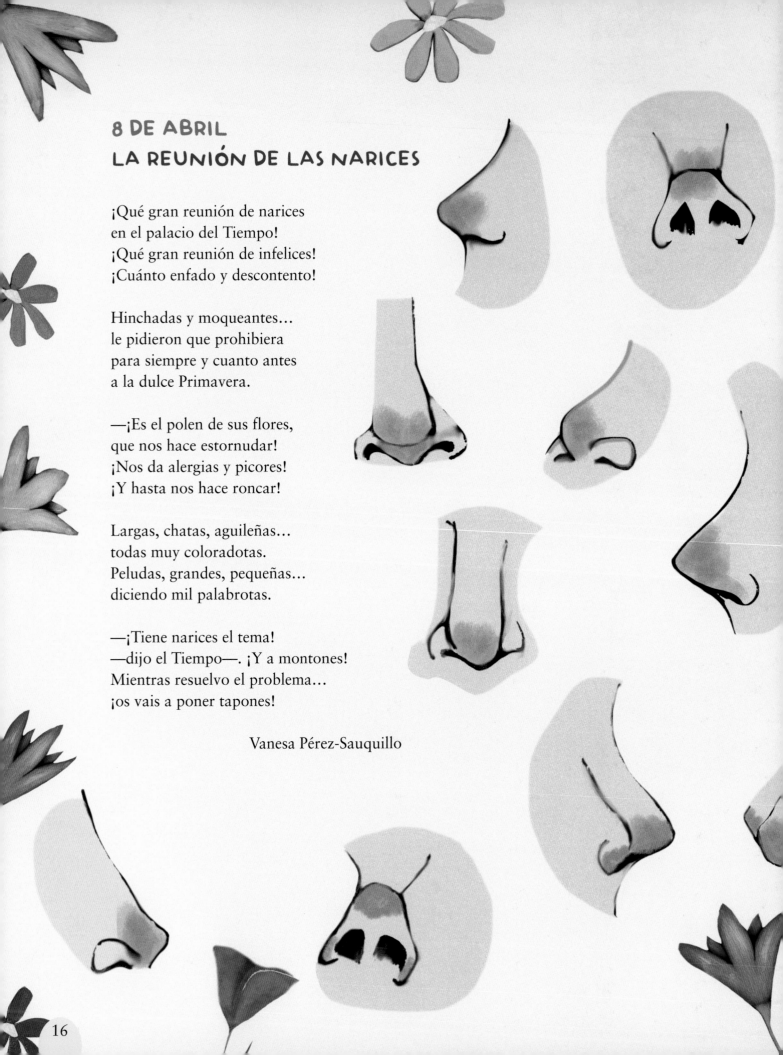

8 DE ABRIL
LA REUNIÓN DE LAS NARICES

¡Qué gran reunión de narices
en el palacio del Tiempo!
¡Qué gran reunión de infelices!
¡Cuánto enfado y descontento!

Hinchadas y moqueantes…
le pidieron que prohibiera
para siempre y cuanto antes
a la dulce Primavera.

—¡Es el polen de sus flores,
que nos hace estornudar!
¡Nos da alergias y picores!
¡Y hasta nos hace roncar!

Largas, chatas, aguileñas…
todas muy coloradotas.
Peludas, grandes, pequeñas…
diciendo mil palabrotas.

—¡Tiene narices el tema!
—dijo el Tiempo—. ¡Y a montones!
Mientras resuelvo el problema…
¡os vais a poner tapones!

Vanesa Pérez-Sauquillo

9 DE ABRIL
LA TARARA

Tiene la Tarara
un vestido blanco
que solo se pone
en el Jueves Santo.

(Estribillo)
La Tarara, sí,
la Tarara, no,
la Tarara, madre,
que la bailo yo.

Tiene la Tarara
unos pantalones
que de arriba abajo
todo son botones.
(Estribillo)

Tiene la Tarara
un vestido verde
lleno de volantes
y de cascabeles.
(Estribillo)

Tiene la Tarara
unos calzoncillos
que de arriba abajo
todo son bolsillos.
(Estribillo)

Tiene la Tarara
un dedito malo
que no se lo cura
ningún cirujano.
(Estribillo)

Tiene la Tarara
unas pantorrillas
que parecen palos
de colgar morcillas.
(Estribillo) (...)

(Canción popular de corro)

10 DE ABRIL
CANCIÓN DE CUNA

La loba, la loba
le compró al lobito
un calzón de seda
y un gorro bonito.

La loba, la loba
salió de paseo
con su traje rico
y su hijito feo.

La loba, la loba
vendrá por aquí
si esta niña mía
no quiere dormir.

(Nana popular)

11 DE ABRIL
TARDÍGRADOS
EN LA LUNA

—¿Qué hago aquí, si aquí no hay gente?
—dijo al bajar de la nave
un tardígrado impaciente—.

»¡Yo estaba divinamente!
Para mí nada era frío,
ni tampoco muy caliente.

»La Tierra tenía colores,
tenía agua, tenía musgos,
tenía helechos, tenía flores…

—¡Mira ese planeta azul!
¡Corre, pídele un deseo!

—Quiero volver a la Tierra,
que este planeta es más feo…

Vanesa Pérez-Sauquillo

12 DE ABRIL
¡VIVA EL CONEJO
DE PASCUA!

¡Viva el Conejo de Pascua!
¡Conejo de disparate!
Conejo que pone huevos
y además… ¡de chocolate!

Vanesa Pérez-Sauquillo

13 DE ABRIL
ADIVINA, ADIVINANZA...

En un campo azul oscuro,
muchas flores amarillas.
Flores que forman dibujos.
Flores que no huelen: brillan.

(Solución: las estrellas)

Vanesa Pérez-Sauquillo

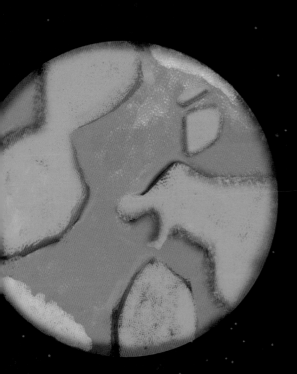

14 DE ABRIL
¡BUENOS DÍAS, PELOTILLAS!

¡Buenos días, pelotillas
que rodáis por los desiertos!
Pelotillas de las playas;
pelotillas de los juegos;
pelotillas de las plantas
que lleva,

       que lleva el viento;
pelotillas de los frutos
de los bosques de los cuentos;
pelotillas, los planetas,
rodando en el universo;
pelotillas, las cabezas,
rodando de pensamientos;
pelotillas, los relojes,
rodándose de momentos
en esta gran pelotilla
que es el mundo,

       mundo inmenso.

Vanesa Pérez-Sauquillo

19

15 DE ABRIL
UN NIDO EN LA PELUCA

Mariuca, la gran marquesa,
en nido se ha convertido.
—¡Qué cosa más rara, esa!
¡Una marquesa en un nido!

Un pájaro distraído
puso un huevo en su peluca
y así se convirtió en nido
la gran marquesa Mariuca.

Ya no puede dar un grito,
ni agacharse, ni saltar…
hasta que su pajarito
eche por fin a volar.

Migas sobre la peluca,
migas por todo el vestido…
—¡Escuchad! —dice Mariuca—.
¡Se oye cantar en el nido!

»¡Qué alegría y qué placer!
¡Todo tiene más belleza
ahora que sé qué es tener
pájaros en la cabeza!

Vanesa Pérez-Sauquillo

20

16 DE ABRIL
PICO, PICO

Pico, pico, mandorico,
¿quién te dio tamaño pico
que te fuiste a esconder
detrás de la puerta de San Miguel?

La gallina colorá
puso un huevo en el nidal.

Puso uno, puso dos, puso tres,
puso cuatro, puso cinco, puso seis,
puso siete, puso ocho...

¡Guarda este bizcocho
para mañana a las ocho!

(Canción popular)

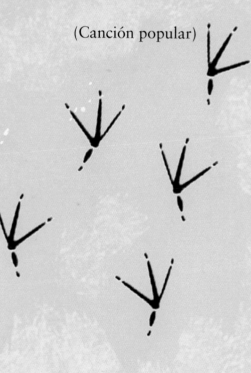

17 DE ABRIL
HUMPTY DUMPTY

Humpty Dumpty sat on a wall,
Humpty Dumpty had a great fall.
All the king's horses and all the king's men
Couldn't put Humpty together again.*

(Canción popular inglesa)

* **Humpty Dumpty:** Humpty Dumpty se cayó de un muro, / Humpty Dumpty
se dio un golpe duro. / Ni los caballos del rey ni sus mozos / pudieron juntar todos sus trozos.

18 DE ABRIL
VECINOS
NADA NORMALES
(ORDINALES)

—¿Quién vive en el primero?
—El escarabajo pelotero.

—¿Y quién vive en el segundo?
—El que dio la vuelta al mundo.

—¿Y quién vive en el tercero?
—La rosa del jardinero.

—¿Y quién vive en el cuarto?
—La lagarta y el lagarto.

—¿Y quién vive en el quinto?
—El monstruo del laberinto.

—¿Y quién vive en el sexto?
—Los espaguetis al pesto.

—¿Y quién vive en el séptimo?
—El que siempre encuentra un céntimo.

—¿Y quién vive en el octavo?
—El del martillo y el clavo.

—¿Y quién vive en el noveno?
—La lluvia, el rayo y el trueno.

—¿Y quién vive en el décimo?
—Un duende llamado Pésimo.

—¿Y quién vive en el tejado?
—El gato, que se ha escapado.

—¿Quién vive en la planta baja?
—Los reyes de la baraja.

—¿Quién vive en el ascensor?
—Por la noche, el ruiseñor,
que con sus bellas canciones
duerme a todos los botones.

»Y de día, en el espejo,
¡el niño/la niña de mi reflejo!

Vanesa Pérez-Sauquillo

19 DE ABRIL
A LA NANITA, NANITA

I

A la nanita, nanita,
a la nanita de aquel
que llevó el caballo al agua
y lo trajo sin beber.

II

Duérmete, niño chiquito,
duérmete y no llores más,
que se irán los angelitos
para no verte llorar.

(Nana popular andaluza)

20 DE ABRIL
CANCIÓN
PRIMAVERAL

I

Salen los niños alegres
de la escuela,
poniendo en el aire tibio
del abril canciones tiernas.
¡Qué alegría tiene el hondo
silencio de la calleja!
Un silencio hecho pedazos
por risas de plata nueva.

Federico García Lorca

21 DE ABRIL
LA VIUDITA
DEL CONDE LAUREL

(Corro)
—Hermosas doncellas
que al prado venís
a coger las flores
de mayo y de abril.

(Viudita)
—Yo soy la viudita
del conde Laurel,
que quiero casarme
y no encuentro con quién.

(Corro)
—Si quieres casarte
y no encuentras con quién,
escoge a tu gusto
que aquí tienes cien.

(Viudita)
—Escojo a esta niña
por ser la más bella,
la blanca azucena
del bello jardín.

(Corro)
—Y ahora que encontraste
la prenda querida,
feliz a su lado
pasarás la vida.

(Escogida)
—Contigo, sí;
contigo, no;
contigo, viudita,
me casaré yo.

(Canción popular de corro)

22 DE ABRIL
EL TULIPÁN

Flor favorita de Holanda,
donde la belleza manda.

Cuentan que en este lugar,
por tener un ejemplar
de un extraño tulipán,
un señor vendió su bar,
vendió sus vacas, su hogar
¡y un molino de hacer pan!

—¡Pero qué bonito es…!
—decía aquel holandés.

Vanesa Pérez-Sauquillo

23 DE ABRIL
EL DÍA DEL LIBRO

¡Libros, hoy es vuestro día!

¡Felicidades! ¡Y gracias!
Pues con cuentos y poesías
sé que tengo entre las manos
amigos, luz y alegrías.

¿Queréis que os regale un beso?
¿Un buen pedazo de queso?
¿Y qué comerá el papel?
¿Comerá tarta o pastel?

¡Lo encontré! Tengo un regalo
que va sin caja ni lazo:
os leeré, porque al leeros
os doy mi mejor abrazo.

Vanesa Pérez-Sauquillo

24 DE ABRIL
¡QUE LLUEVA, QUE LLUEVA!

¡Que llueva, que llueva!
¡La Virgen de la Cueva!
Los pajaritos cantan,
las nubes se levantan...
¡Que sí! ¡Que no!
¡Que caiga un chaparrón,
con azúcar y turrón!
¡Que rompa los cristales
de la estación!

(Canción popular)

25 DE ABRIL
LA LLUVIA ESTÁ DESPEINADA

Con el ruido de los truenos
ha tenido dos desmayos.

Se cayeron las horquillas,
las horquillas de sus rayos.

Se derramaron sus rizos,
se le soltaron los charcos...

Quiere que la peine un niño,
un niño llamado Marcos.

Marcos la peina y le canta:
«Calma, lluvia... Sana, sana...»,

desenredando las gotas
del cristal de la ventana.

Vanesa Pérez-Sauquillo

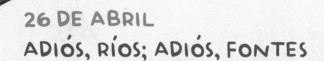

26 DE ABRIL
ADIÓS, RÍOS; ADIÓS, FONTES

Adiós, ríos; adiós, fontes;
adiós, regatos pequenos;
adiós, vista dos meus ollos;
non sei cándo nos veremos.

Miña terra, miña terra,
terra donde me eu criéi,
hortiña que quero tanto,
figueiriñas que prantéi,

prados, ríos, arboredas,
pinares que move o vento,
paxariños piadores,
casiña do meu contento, (…)

Deixo amigos por estraños,
deixo a veiga polo mar,
deixo, en fin, canto ben quero…
¡Quén pudera non deixar!...*
(…)

Rosalía de Castro

* **Adiós, ríos; adiós, fuentes:** *Adiós, ríos; adiós, fuentes; / adiós, regatos** pequeños; / adiós, vista de mis ojos; / no sé cuándo nos veremos. // Tierra mía, tierra mía, / tierra donde me crie, / huertita que quiero tanto, / higueritas que planté, // prados, ríos, arboledas, / pinares que mueve el viento, / pajarillos piadores, / casita de mi contento, (…) // Dejo amigos por extraños, / dejo la vega por el mar, / dejo, en fin, cuanto bien quiero… / ¡Quién pudiera no dejar!... (…) Rosalía de Castro.*
** **Regato:** *arroyuelo.*

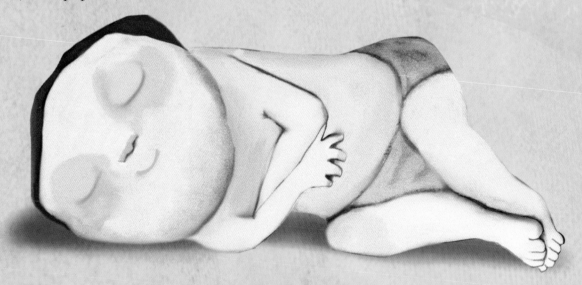

27 DE ABRIL
ARRORRÓ, MI NENE

Arrorró, mi nene.
Arrorró, mi sol.
Duérmete, pedazo
de mi corazón.

Este lindo niño
no quiere dormir
porque no le traen
la flor del jardín.

Duérmete, mi niño.
Duérmete, mi alma.
Duérmete, mi amor.

Al arrurrú, duerme mi sol.
Al arrurrú, duerme mi amor,
que si no duermes,
vendrá el ratón.

Al arrurraca,
ya parió la vaca
cinco terneritos
y una garrapata.

(Nana popular)

28 DE ABRIL
ADIVINA, ADIVINANZA...

Este animal no se escribe
ni con *ese*, ni con eso,
ni con *elle*, ni con ello...
¿Será con *eje*

o con...?

(Solución: conejo)

Vanesa Pérez-Sauquillo

29 DE ABRIL
LOS DOS CONEJOS

Por entre unas matas,
seguido de perros
(no diré corría),
volaba un conejo.

De su madriguera
salió un compañero
y le dijo: —Tente,
amigo, ¿qué es esto?

—¿Qué ha de ser? —responde—.
Sin aliento llego...
Dos pícaros galgos
me vienen siguiendo.

—Sí —replica el otro—,
por allí los veo,
pero no son galgos.
—¿Pues qué son?
　　　　　—Podencos.

—¿Qué? ¿Podencos dices?
—Sí, como mi abuelo.
—Galgos y muy galgos:
bien vistos los tengo.

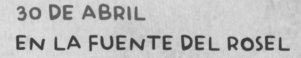

—Son podencos, vaya,
que no entiendes de eso.
—Son galgos, te digo.
—Digo que podencos.

En esta disputa
llegando los perros,
pillan descuidados
a mis dos conejos.

Los que por cuestiones
de poco momento
dejan lo que importa,
llévense este ejemplo.

Tomás de Iriarte

30 DE ABRIL
EN LA FUENTE DEL ROSEL

En la fuente del rosel,
lavan la niña y el doncel.

En la fuente de agua clara,
con sus manos lavan la cara
él a ella y ella a él:
lavan la niña y el doncel.
En la fuente del rosel,
lavan la niña y el doncel.

(Canción tradicional)

1 DE MAYO
FÁBULA DE LA ABEJA Y EL HADA

Antes de que tú nacieras,
en tiempos de la prehistoria,
cuando en el mundo había fieras
que ni me sé de memoria...

un hada encontró a una abeja
terriblemente infeliz:
gemía, entre queja y queja,
se sonaba la nariz...

—¿Por qué lloras —dijo el hada—,
ahí tumbada, boca abajo?
La abejita respondió:
—No me gusta mi trabajo.

(Y es que entonces, las abejas
hacían cosas asquerosas:
¡se posaban en las cacas!
No en las lilas ni en las rosas...

Su miel, ya imaginaréis,
tenía un sabor tan terrible
que solo para las moscas
era un poco comestible.*

Un buen señor troglodita
que, sin pensar, la probó,
gritó: «¡Comida maldita!»
y sin pelo se quedó).

Pero, volviendo al encuentro
de nuestra abeja y el hada,
el hada le preguntó
al verla tan preocupada:

—Dime, abeja, ¿qué te gusta?
¿Qué te hace sentir mejor?
—Pues... el oler cosas buenas,
el volar de flor en flor...

—Pero entonces ¿a qué esperas?
¡Busca el polen de las flores!
No te hace falta mi magia.
¡Trabaja de mil amores!

Así que, desde aquel día,
las abejas hacen eso.
Y su miel huele muy bien
(no huele a caca ni a queso).

*¡La moraleja ha llegado!
(aunque a alguno le dé rabia.
Puede haber un despistado
que tenga la mente en Babia...).*

*Si eliges bien lo que haces,
vivirás con alegría.
Sentirás que no trabajas
ni uno solo de tus días.*

Vanesa Pérez-Sauquillo

* Por si acaso alguien lo duda,
esto que cuento es ficción
(que es la verdad de otros mundos:
los de la imaginación).

2 DE MAYO
LA AMAPOLA

Amapola roja,
beso de papel,
van a ti los ojos
como hacia la miel.

Vanesa Pérez-Sauquillo

3 DE MAYO
UNA MAMÁ DE CUENTO

Dulce como la casa de chocolate.
Fuerte como princesa que va al combate.

Buena como un País de las Maravillas.
Brillante como un sueño de Campanilla.

Mágica como noche de Cenicienta.
Alegre como el duende que uno se inventa.

Paciente como mano de carpintero.
Humilde como Arturo, que fue escudero.

Sabia como las voces del viejo bosque.
Curiosa sirenita en el horizonte.

Valiente y decidida cual leñador.
Bonita como todo cuento de amor.

Vanesa Pérez-Sauquillo

School Camera for sound qualite Laura?

4 DE MAYO
LAS MARGARITAS

Las margaritas son sabias.
Saben tanto del amor
que te dicen si te quieren
convirtiéndose en un sol.

Vanesa Pérez-Sauquillo

5 DE MAYO
DICE EL REFRÁN...

Quien canta,
su mal espanta.

Haz bien
y no mires a quién.

(Popular)

En las mañanicas
del mes de mayo,
cantan los ruiseñores,
retumba el campo.

En las mañanicas,
como son frescas,
cubren los ruiseñores
las alamedas.

Ríense las fuentes
tirando perlas
a las florecillas
que están más cerca.

Vístense las plantas
de varias sedas,
que sacar los colores
poco les cuesta.

Los campos alegran
tapetes varios,
cantan los ruiseñores,
retumba el campo. (…)

Lope de Vega

7 DE MAYO
ALLEGRA Y LAS HADAS

Para Allegra Byron
y Washington Irving

En el corro de las hadas
la dulce Allegra bailó.
Se durmió en la primavera
y en invierno despertó.

Bailó, bailó con las hadas
en la colina sagrada.
Tin tili tin tili todo.
Tin tili tin tili nada.

En el corro de las hadas
la dulce Allegra bailó.
Se durmió temprano el lunes
y el domingo despertó.

Bailó, bailó con las hadas
en la colina sagrada.
Tin tili tin tili todo.
Tin tili tin tili nada.

En el corro de las hadas
la dulce Allegra bailó.
Se durmió por la mañana
y de noche despertó.

Bailó, bailó con las hadas
en la colina sagrada.
Lo quiso y lo tuvo todo
y se despertó sin nada.

Tin tili tin tili todo.
Tin tili tin tili nada.

A la mañana siguiente,
volvió a bailar con las hadas…

Vanesa Pérez-Sauquillo

35

8 DE MAYO
YA VIENE MAYO

Con la flor de la jara,
se adorna el campo.
Con la flor de la jara,
se anuncia mayo.

Ya los trigos encañan,
se aroma el aire,
y en el monte el romero
sus flores abre.

Con la flor de la jara,
se alegra el campo.
Con la flor de la jara,
ya llegó mayo.

Canta el cuco en los robles,
vuela la alondra
y enrojecen los prados
las amapolas.

Con la flor de la jara,
blanco está el campo.
Con la flor de la jara,
se adorna mayo.

Carlos Reviejo

9 DE MAYO
MES DE MAYO

Mes de mayo, mes de mayo,
mes de mayo, primavera,
cuando los pobres soldados
marchaban para la guerra.
El soldado que va en medio
es el que más pena lleva.
Le pregunta el capitán:
—¿Por qué llevas tanta pena?
¿Es por madre? ¿Es por padre?
¿O es por venir a la guerra?
—Ni es por padre, ni es por madre,
ni es por venir a la guerra.
Es por mi querida novia,
que se va a morir de pena.
—Coge el caballo, soldado,
y marcha para tu tierra,
que por un soldado menos
no se va a perder la guerra.

(Canción popular)

10 DE MAYO

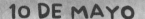

سلام

كأنه حمامة
تشرب ماءً ـ قهقهة
وصوتًا ينشد:
سلام، سلام.

كأنه نخلة
تُحدث على وجنتيك
رفيف دغدغات:
سلام، سلام.

كقوس قزح
يدلق بذورًا من ذهب
وحق لمسات:
سلام، سلام.

كورقة خضراء
تجرؤ راقصة
على إيقاع الحرف:
سلام، سلام.

Abdul Hadi Sadoun

11 DE MAYO
FLOR FORTALEZA

Es fácil para una flor
crecer sana en buena tierra,
pero hay flores que consiguen
florecer sobre las piedras.

Vanesa Pérez-Sauquillo

* **Paz:** Como una paloma / bebiendo agua y risa / una voz recita: / paz, paz. // Como una palmera / haciendo cosquillas / sobre tus mejillas. / Paz, paz. // Como un arco iris / sembrando caricias, / doradas semillas. / Paz, paz. // Como una hoja verde / bailando atrevida / al son de la letra. / Paz, paz. Abdul Hadi Sadoun.

12 DE MAYO
LA VENGANZA
DE DON MENDO
(FRAGMENTO)

MAGDALENA
(A DON MENDO)
Trovador, soñador,
un favor.

MENDO
¿Es a mí?

MAGDALENA
Sí, señor.
Al pasar por aquí
a la luz del albor
he perdido una flor.

MENDO
¿Una flor de rubí?

MAGDALENA
Aún mejor:
un clavel carmesí,
trovador.
¿No lo vio?

MENDO
No le vi.

MAGDALENA
¡Qué dolor!
No hay desdicha mayor
para mí
que la flor que perdí,
era signo de amor.
Búsquela,
y si al cabo la ve
démela.

MENDO
Buscaré,
mas no sé si sabré
cuál será.

MAGDALENA
Lo sabrá,
porque al ver la color
de la flor
pensará:
¿seré yo
el clavel carmesí
que la dama perdió?

MENDO
¿Yo, decís?

MAGDALENA
Lo que oís,
que en aqueste vergel
cual no hay dos,
no hay joyel ni clavel
como vos.

Pedro Muñoz Seca

14 DE MAYO

ADIVINA, ADIVINANZA...

Adivina tú primero
cuál es mi nombre de flor.
Y adivinaré yo luego
si tu amor te quiere o no.

(Solución: la margarita)

Vanesa Pérez-Sauquillo

13 DE MAYO

XXIII

Por una mirada, un mundo;
por una sonrisa, un cielo;
por un beso... ¡yo no sé
qué te diera por un beso!

Gustavo Adolfo Bécquer

15 DE MAYO
EL BAILE
DE LOS CHULAPOS

—El chotis hay que bailarlo
muy juntos, sobre un ladrillo.
—¿Quién baila con el erizo?
—Su amiguito, el armadillo.

Vanesa Pérez-Sauquillo

16 DE MAYO
MACACAFÚ

Macacafú, macacafú,
macacafú, macacafú, margá.
Si te gusta comer a la pimén,
si te gusta comer a la tomá,
si te gusta comer a la alcachó, fa, fa.
Chibirí, chibirí, margá.
Chimpón, polaví, polaví, polaví.
polipolipón, chimpón.
Manguanguay de la vida culinay,
que manguanguay, que manguanguay;
manguanguay de la vida culinay,
que manguanguay, macacafú.
Eme a: a.
Eme e: ma-me.
Eme i: ma-me-mi.
Eme o: ma-me-mi-mo.
Eme u: ma-me-mi-mo-mu.
Macacafú.

(Cerrajería* popular)

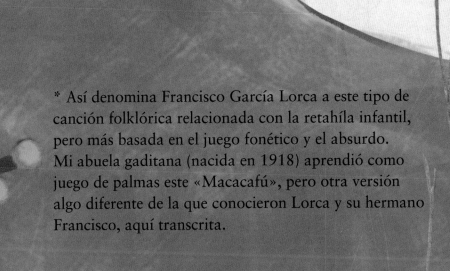

* Así denomina Francisco García Lorca a este tipo de
canción folklórica relacionada con la retahíla infantil,
pero más basada en el juego fonético y el absurdo.
Mi abuela gaditana (nacida en 1918) aprendió como
juego de palmas este «Macacafú», pero otra versión
algo diferente de la que conocieron Lorca y su hermano
Francisco, aquí transcrita.

17 DE MAYO
EL HADA PRIMAVERA

Ha llegado Primavera,
que es un hada jardinera.

¡Qué trajín en el jardín!
Con su vuelo bailarín,
¡qué ocupada en poner flores
y pintarlas de colores!

Cada día en su marmita,
mientras mueve su varita
y recita siete versos,
hace perfumes diversos.

Sobre rosas amarillas,
violetas y campanillas,
con muchísima paciencia,
va repartiendo la esencia.

Y aún le queda una labor:
prepara filtros de amor,
en el aire azul los deja
¡y todos tienen pareja!

Después de tanto trabajo:
volar arriba y abajo
sin descansar ni un segundo,
llenar de color el mundo

encantando a troche y moche...,
se le hace por fin de noche.
El hada zangolotina
vuelve a su rama de encina.

Allí duerme como un tronco
y la arrulla un sapo ronco.

Carmen Gil

18 DE MAYO
LA LECHERA

Llevaba en la cabeza
una lechera el cántaro al mercado,
con aquella presteza,
aquel aire sencillo, aquel agrado
que va diciendo a todo el que lo advierte,
¡yo sí que estoy contenta con mi suerte!

Porque no apetecía
más compañía que su pensamiento,
que alegre le ofrecía
inocentes ideas de contento,
marchaba sola, la feliz Lechera
y decía entre sí de esta manera:

Esta leche vendida,
en limpio me dará tanto dinero,
y con esta partida
un canasto de huevos comprar quiero,
para sacar cien pollos, que al estío
me rodeen cantando el pío pío.

Del importe logrado
de tanto pollo, mercaré un cochino;
con bellota, salvado,
berza, castaña engordará sin tino,
tanto, que puede ser que yo consiga
ver cómo se le arrastra la barriga.

Llevarelo al mercado,
sacaré de él sin duda buen dinero;
compraré de contado
una robusta vaca, y un ternero
que salte y corra toda la campaña
hasta el monte cercano a la cabaña.

Con este pensamiento
enajenada, brinca de manera
que a su salto violento
el cántaro cayó. ¡Pobre Lechera!
¡Qué compasión! Adiós leche, dinero,
huevos, pollos, lechón, vaca y ternero.

¡Oh, loca Fantasía,
qué palacios fabricas en el viento!
Modera tu alegría;
no sea que, saltando de contento,
al contemplar dichosa tu mudanza,
quiebre su cantarillo la Esperanza.

No seas ambiciosa
de mejor y más próspera fortuna;
que vivirás ansiosa
sin que pueda saciarte cosa alguna.
No anheles impaciente el bien futuro,
mira que ni el presente está seguro.

Félix María de Samaniego

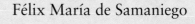

19 DE MAYO
AL SALIR DE LA CÁRCEL

Aquí la envidia y la mentira
me tuvieron encerrado:
dichoso el humilde estado
del sabio que se retira
de aqueste mundo malvado,
y con pobre mesa y casa,
en el campo deleitoso
con solo Dios se compasa,
y a solas su vida pasa,
ni envidiado ni envidioso.

Fray Luis de León

20 DE MAYO
¿MALA HIERBA?

Para mis dos maestras
jardineras: Pamela y Ela.

¿Mala hierba? Mala hierba
no vi ninguna jamás.
A la izquierda, a la derecha,
ni delante, ni detrás.

Hierba buena es la que crece
porque la quieres plantar,
y también la que sorprende
naciendo sin avisar.

Que toda la hierba es buena
si bien la sabes mirar.

Vanesa Pérez-Sauquillo

21 DE MAYO
CUCÚ, CANTABA
LA RANA

Cucú, cantaba la rana,
cucú, debajo del agua,
cucú, pasó un caballero,
cucú, con capa y sombrero,
cucú, pasó una señora,
cucú, con falda de cola,
cucú, pasó una criada,
cucú, llevando ensalada,
cucú, pasó un marinero,
cucú, vendiendo romero,
cucú, le pidió un ramito,
cucú, no le quiso dar,
cucú, se echó a revolcar.

(Canción popular de corro)

cle

Colorado Libraries
for Early Literacy

Early Literacy Skills

For more information on ways to
build these skills visit: clel.org

Committed to strengthening
children's literacy through library
services and community advocacy.

PRINT MOTIVATION:

Being interested in
and enjoying books.

PRINT AWARENESS:

Noticing print everywhere,
knowing how to handle a book,
and knowing how to follow the
written word on the page.

LETTER KNOWLEDGE:

Knowing that letters are different
from each other, knowing letter
names and sounds, and
recognizing letters everywhere.

VOCABULARY:

Knowing all kinds of words.

PHONOLOGICAL AWARENESS:

Hearing and playing with the
smaller sounds of words.

NARRATIVE SKILLS:

Describing things and events,
telling stories, knowing the order
of events, and making predictions.

Colorado Libraries for Early Literacy

Our Goals:

EDUCATE AND TRAIN library staff in providing early literacy storytimes for children and caregivers.

INCREASE AWARENESS of the importance of early literacy to all communities.

COOPERATE with other state and national agencies involved with early literacy.

PROMOTE the role of libraries in providing early literacy experiences.

StoryBlocks
storyblocks.org

Videos in English, Spanish, French, Vietnamese, & Arabic designed for babies, toddlers, and preschoolers!

Visit storyblocks.org to view our collection of 30-60 second videos designed to model to parents, caregivers, and library staff some songs, rhymes, and fingerplays appropriate for early childhood. Each video clip includes helpful early literacy tips to increase caregivers' understanding of child development and pre-literacy needs.

22 DE MAYO
LA CANCIÓN DEL PLANETA*

¡Niños, señoras, señores…!
No vengo aquí a hablar de flores.
Voy a contar un misterio.
(Hay que ponerse muy serio).

Ayer, mientras caminaba,
¡oí gritar a una pava!,
rugir a un oso polar,
chocar las olas del mar,
oí al viento, susurrante,
¡escuché hasta un elefante!,
todos los grillos del monte
y cómo un rinoceronte
corría por la sabana.
Oí trompetas, oí campanas,
tambores y cascabeles,
crujidos de hojas, papeles…
Oí el ruido de las motos,
las bocinas… ¡Qué alboroto!

Y me di cuenta al momento
de que todo esto que os cuento
(rugidos, coches, trompetas…)
es el canto del planeta
donde también canto yo.

Y yo elijo mi canción.*

Vanesa Pérez-Sauquillo

* En este poema, el niño o la niña puede teatralizar los sonidos que van
apareciendo en la lectura y, al final, acabar hablando del tipo de sonido o música
que le gustaría dejar en el planeta, interpretándolo.

45

23 DE MAYO
EN MI VIDA HE VISTO YO

En mi vida he visto yo
lo que he visto esta mañana:
una gallina en la torre
repicando las campanas.

A esa del pañuelo blanco
dele *usté* muchas memorias,
y también le dice *usté*
que si quiere ser mi novia,

que yo le regalaré
un vestido y una cofia,
un pañuelito de seda
y una cuerda *pa* la comba.

(Canción popular de corro)

24 DE MAYO
EL CAZADOR

I

Un cazador, cazando,
perdió el pañuelo *(bis)*
y luego lo llevaba
la liebre al cuello. *(bis)*

II

El perro, al alcanzarla,
se lo arrebata *(bis)*
y con él se hace el nudo
de la corbata. *(bis)*

III

Al cazador, la liebre,
muerta de risa *(bis)*
la escopeta le quita
más que de prisa. *(bis)*

IV

El cazador se queda
—vaya una treta— *(bis)*
a más de sin pañuelo,
sin escopeta. *(bis)*

(Canción popular extremeña)

25 DE MAYO
PAÑUELUCOS BLANCOS

Desde que vino la moda,
que sí, que no, que ¡ay!,
de los pañuelucos blancos,
parecen las señoritas,
que sí, que no, que ¡ay!,
palomitas del campo.

(Popular)

26 DE MAYO
DON JUAN TENORIO
(FRAGMENTO)

DON JUAN

¡Ah! ¿No es cierto, ángel de amor,
que en esta apartada orilla
más pura la luna brilla
y se respira mejor?

Esta aura que vaga, llena
de los sencillos olores
de las campesinas flores
que brota esa orilla amena;
esa agua limpia y serena
que atraviesa sin temor
la barca del pescador
que espera cantando el día,
¿no es cierto, paloma mía,
que están respirando amor? (...)

José Zorrilla

27 DE MAYO
ADIVINA, ADIVINANZA...

Tamaño como una nuez,
sube al monte y no tiene pies.

(Solución: el caracol)

(Popular)

28 DE MAYO
ADIVINA, ADIVINANZA...

Hay un pequeño animal
que, si levanta la cara,
no puede llamarse igual.
¿Sabes tú cuál?

(Solución: el escarabajo)

Vanesa Pérez-Sauquillo

29 DE MAYO
BAILAD, CARACOLITOS

Bailad, caracolitos,
con la patita retuerta,
caracolitos míos,
bailad la vuelta.

Bailad, caracolitos,
en torno de la niña;
caracolitos míos,
haced la cortesía.

Bailad, caracolitos,
brincando cuesta arriba,
como por las montañas
saltaba una cabrita.

Bailad, caracolitos,
y aquí mandado queda
que cada cual abrace
a la que mejor quiera.

(Canción popular de corro)

30 DE MAYO
LA BODA DEL PIOJO Y LA PIOJA

¡La boda! ¿Dónde está? ¿Dónde?
¡La boda! ¿Dónde se esconde?

El piojo y la pioja:
los dos tan enamorados…

El piojo y la pioja:
¡con más de mil invitados!

No pueden andar muy lejos:
son los dos cojos y viejos.

Cojos, viejos y felices,
con todas sus cicatrices.

¡Oigo la música! ¡Empieza!
¡Muy cerca de mi cabeza!

¡La boda! ¿Dónde está? ¿Dónde?
(¡Qué picor…!). ¿Dónde se esconde?

Vanesa Pérez-Sauquillo

31 DE MAYO
ADIVINA, ADIVINANZA…

Muchas damas en un agujero,
todas vestidas de negro.

(Solución: las hormigas)

(Popular)

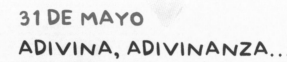

1 DE JUNIO
LA CARBONERITA DE SALAMANCA

En Salamanca tengo, (*bis*)
ten, ten, ten,
tengo sembrado
azúcar y canela, (*bis*)
pi, pi, pi,
pimienta y clavo. (*bis*)

¿Cómo quieres que tenga, (*bis*)
la, la, la,
la cara blanca,
si soy carbonerita, (*bis*)
de, de, de,
de Salamanca? (*bis*)

Al aire, sí; al aire, no;
cantan los pajarillos
en los árboles.
Cantaban y decían:
leré, leré, leré.
Cantaban y decían:
«Adiós, que yo me iré».

(Canción popular)

2 DE JUNIO
LOS REGALOS AL POLLO

—¿Usted qué le regala al pollo?
—Yo le regalaré unas calcetas.
—Ya está el pollo encalcetado
en la Orihuela.
Al son que le tocan, vuela.

—¿Usted qué le regala al pollo?
—Yo le regalaré unas medias.
—Ya está el pollo enmediado,
encalcetado en la Orihuela.
Al son que le tocan, vuela.

—¿Usted qué le regala al pollo?
—Yo le regalaré unas ligas.
—Ya está el pollo enligado,
enmediado, encalcetado
en la Orihuela.
Al son que le tocan, vuela.

—¿Usted qué le regala al pollo?
—Yo le regalaré un chaleco.
—Ya está el pollo enchalecado,
enligado, enmediado,
encalcetado en la Orihuela.
Al son que le tocan, vuela.

*(El poema continuará creciendo cada
estrofa hasta que comencemos a
quitarle prendas).*

—¿Usted qué le quita al pollo?
—Yo le quitaré el chaleco.

—Ya está el pollo deschalecado
en la Orihuela.
Al son que le tocan, vuela.

—¿Usted qué le quita al pollo?
—Yo le quitaré las ligas.
—Ya está el pollo desligado,
deschalecado en la Orihuela.
Al son que le tocan, vuela.

—¿Usted qué le quita al pollo?
—Yo le quitaré las medias.
—Ya está el pollo desmediado,
desligado, deschalecado en la
Orihuela.
Al son que le tocan, vuela. (…)

(Canción popular)

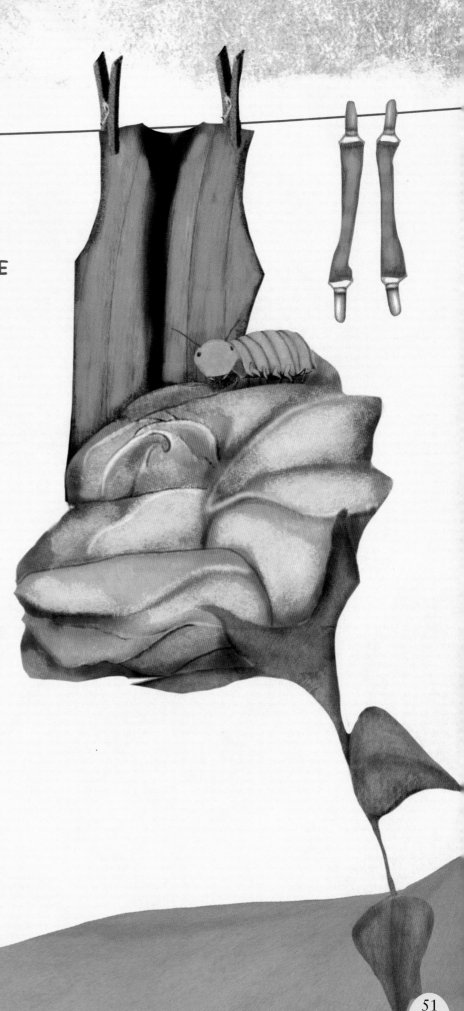

3 DE JUNIO
LA ROSA
QUE NO ES DE NADIE

A la cima de una rosa
ha trepado un gran pulgón.
«¡Mía!», dice,
                  otro la corta
y la pone en un jarrón.

Este jarrón dice: «¡Mía!»,
pero la agarra el bufón.
¿Será para la princesa,
rosa de su corazón?

La rosa, que no es de nadie,
(pulgón, jarrón ni bufón),
la rosa baila en el aire
el tiempo de una canción.

Vanesa Pérez-Sauquillo

4 DE JUNIO
EN COCHE
VA UNA NIÑA

En coche va una niña, *carabí, (bis)*
hija de un capitán,
carabí urí, carabí urá.
Hija de un capitán.

¡Qué hermoso pelo tiene!, *carabí, (bis)*
¿quién se lo peinará?,
carabí urí, carabí urá.
¿Quién se lo peinará?

Se lo peina su tía, *carabí, (bis)*
con mucha suavidad,
carabí urí, carabí urá.
Con mucha suavidad.

Con peinecitos de oro, *carabí, (bis)*
y horquillas de cristal,
carabí urí, carabí urá.
Y horquillas de cristal.

La niña está enfermita, *carabí, (bis)*
quizás se sanará,
carabí urí, carabí urá.
Quizás se sanará.

La niña ya está buena, *carabí, (bis)*
con ganas de jugar,
carabí urí, carabí urá.
Con ganas de jugar.

Y al pie de su ventana, *carabí, (bis)*
tres pajaritos van,
carabí urí, carabí urá.
Tres pajaritos van.

Cantando el pío, pío, *carabí, (bis)*
cantando el pío pa,
carabí urí, carabí urá.
Cantando el pío pa.

(Canción popular)

5 DE JUNIO
RÁFAGA

Pasaba mi niña.
¡Qué bonita iba
con su vestidito
de muselina!
Y una mariposa
prendida.

¡Síguela, muchacho,
la vereda arriba!
Y si ves que llora
o medita,
píntale el corazón
con purpurina.
Y dile que no llore
si queda solita.

Federico García Lorca

6 DE JUNIO
¡A OTRA COSA, MARIPOSA!

Volaba la mariposa,
volaba hacia aquella rosa.
Pero entonces, de repente…
algo se cruzó en su mente.
Y se fue la muy curiosa…
¡a otra cosa, mariposa!

Vanesa Pérez-Sauquillo

7 DE JUNIO
MALBROUGH
S'EN VA-T-EN GUERRE

Malbrough s'en va-t-en guerre,
mironton, mironton, mirontaine.
Malbrough s'en va-t-en guerre,
ne sait quand reviendra. *(bis)*

Il reviendra-z-à Pâques,
mironton, mironton, mirontaine.
Il reviendra-z-à Pâques,
ou à la Trinité. *(bis)*

La Trinité se passe,
mironton, mironton, mirontaine.
La Trinité se passe,
Malbrough ne revient pas. *(bis)**
(…)

(Canción popular francesa)

* Mambrú se fue a la guerra: Mambrú se
fue a la guerra, / ¡qué dolor, qué dolor, qué
pena! / Mambrú se fue a la guerra, / no sé
cuándo vendrá. / *Do-re-mi, do-re-fa.* / No sé
cuándo vendrá. // Si vendrá por la Pascua, /
¡mire usted, mire usted, qué guasa! / Si vendrá
por la Pascua / o por la Trinidad. / *Do-re-mi, do-
re-fa.* / O por la Trinidad. // La Trinidad se pasa, /
¡mire usted, mire usted, qué rabia! / La Trinidad se pasa, /
Mambrú no viene ya. / *Do-re-mi, do-re-fa.* / Mambrú no viene ya. (…) (Versión popular española).

8 DE JUNIO
AL SUBIR POR LA ESCALERA

Al subir por la escalera
una mosca me picó.
La agarré por las orejas,
la tiré por el balcón.
Taco, taco,
al que le toque
el número cuatro.
Una, dos, tres, cuatro.

(Retahíla popular
para echar a suertes)

9 DE JUNIO
DICE EL REFRÁN...

En boca cerrada
no entran moscas.

Hasta el cuarenta de mayo
no te quites el sayo.

(Popular)

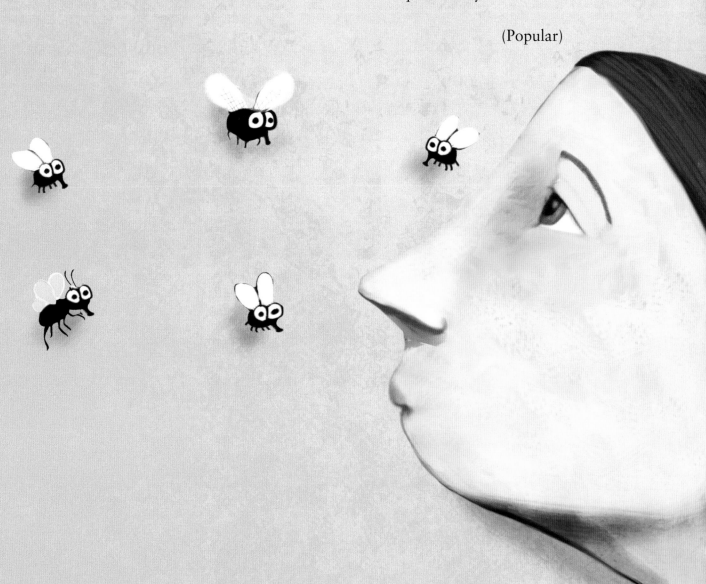

10 DE JUNIO
JARDINERITA, QUE ENTRASTE

—Jardinerita, que entraste
en el jardín del amor,
de las flores que regaste,
dime, ¿cuál es la mejor?

—La mejor es una rosa
que se viste de color,
del color que se le antoja
y verde tiene la flor.

»Tiene tres hojitas verdes
y las demás encarnadas.
A ti prefiero entre todas,
que eres la más colorada.

—Gracias te doy, jardinera,
porque me hayas elegido;
entre tantas como hay
a mí sola has preferido.

(Canción popular de corro)

11 DE JUNIO
UN CIERVO EN EL JARDÍN

Yo ya no sé si fue un sueño
(mi madre dice que sí),
pero, cuando era pequeño,
recuerdo muy bien que vi

un ciervo por mi jardín.

Fue después de una tormenta.
Olía a hierba y a jazmín,
y también un poco a menta,
y olía a ciervo en el jardín,

y tal vez un poco a sueño

(mi madre dice que sí,
porque yo era muy pequeño),
pero el recuerdo está ahí,
sorprendido como el ciervo

al verme a mí en el jardín.

Vanesa Pérez-Sauquillo

12 DE JUNIO
LAS OVEJUELAS

Las ovejuelas, madre,
las ovejuelas,
como no hay quien las guarde,
se guardan ellas.

Acitrón,
tira del cordón,
si vas a Italia.
¿Dónde irás tú, amor mío,
que yo no vaya,
que yo no vaya?

La niña que a la fuente
sale temprano
muy olorosas flores
halla en los campos.

Acitrón,
tira del cordón,
si vas a Valencia.
¿Dónde irás tú, amor mío,
sin mi licencia,
sin mi licencia?

Cantan los pajaritos
en la alameda,
cantan en las mañanas
de primavera.

(Canción popular)

13 DE JUNIO
UNA MONA
ESTABA TONTA

—Una mona estaba tonta.
¿Verdad que sí?
—Sí.

—La mandé a por tabaco
y me trajo perejil.
¿Verdad que sí?
—Sí.

—Rosa con rosa,
clavel con clavel.
Dígame, niña,
¿a quién quiere usted?

(Retahíla popular de sorteo)

14 DE JUNIO
TÍO-VIVO

A José Bergamín

Los días de fiesta
van sobre ruedas.
El tío-vivo los trae
y los lleva.

Corpus azul.
Blanca Nochebuena.

Los días abandonan
su piel, como las culebras,
con la sola excepción
de los días de fiesta.

Estos son los mismos
de nuestras madres viejas.
Sus tardes son largas colas
de moaré y lentejuelas.

Corpus azul.
Blanca Nochebuena.

El tío-vivo gira
colgado de una estrella.
Tulipán de las cinco
partes de la tierra.

Sobre caballitos
disfrazados de panteras
los niños se comen la luna
como si fuera una cereza.

¡Rabia, rabia, Marco Polo!
Sobre una fantástica rueda,
los niños ven lontananzas
desconocidas de la tierra.

Corpus azul.
Blanca Nochebuena.

Federico García Lorca

15 DE JUNIO
ESTABA UNA PASTORA

Estaba una pastora,
larán, larán, larito,
estaba una pastora
haciendo requesito. *(bis)*

El gato la miraba,
larán, larán, larito,
el gato la miraba,
con ojos golositos. *(bis)*

—Si me hincas la uña,
larán, larán, larito,
si me hincas la uña,
te cortaré el rabito. *(bis)*

La uña se la hincó,
larán, larán, larito,
la uña se la hincó,
y el rabito le cortó. *(bis)*

Se fue a confesar,
larán, larán, larito,
se fue a confesar
con el padre Benito. *(bis)*

—De penitencia pongo,
larán, larán, larito,
de penitencia pongo
que le des un besito. *(bis)*

El beso se lo dio,
larán, larán, larito,
el beso se lo dio,
y el rabito le creció. *(bis)*

(Canción popular)

16 DE JUNIO
TENGO, TENGO, TENGO

Tengo, tengo, tengo,
tú no tienes nada,
tengo tres ovejas
en una cabaña.

Una me da leche,
otra me da lana
y otra, mantequilla
para la semana.

Caballito blanco,
llévame de aquí,
llévame hasta el pueblo
donde yo nací. (…)

(Canción popular de corro)

17 DE JUNIO
UNA CABRA ÉTICA
(TRABALENGUAS)

Por ese monte arriba
va una cabra ética,
perlética, perleticuda,
mochicalva y hocicuda,

que tiene hijitos éticos,
perléticos, perleticudos,
mochicalvos y hocicudos.

Si la cabra no fuera ética,
perlética, perleticuda,
mochicalva y hocicuda,

no tendría hijitos éticos,
perléticos, perleticudos,
mochicalvos y hocicudos.

(Popular)

18 DE JUNIO
FÁBULA DE LA ARDILLA
Y EL MAR

Esta fábula comienza
en un árbol junto al mar,
con una ardilla nerviosa
que amaba limpiar su hogar.

Todo lo que le sobraba
ella lo tiraba al mar:
latas, pajitas, botellas,
bolsas de usar y tirar...

Y así, comiendo y tirando,
(sin pensar en reciclar),
se pasó el tiempo volando,
digo... limpiando su hogar.

Hasta que, con los calores,
se le ocurrió irse a bañar,
y en el mar no encontró peces
(ni siquiera un calamar),
ni tortugas, ni corales,
ni caballitos de mar.

Solo latas y pajitas,
bolsas de usar y tirar...
Y ella, que nunca paraba,
paró
        y se puso a llorar.

Se bañó entre las botellas
que usaba para limpiar.

Pero no lloréis vosotros...
¡Que esto no acabe tan mal!
Todavía estamos a tiempo
de cambiar este final:

que nuestra ardilla, tan limpia,
se ponga a limpiar el mar.
Y mar a mar, playa a playa,
bosque a bosque... aprenda a amar,
cuidar y amar ese mundo
que también era su hogar.

Bosque a bosque, cielo a cielo,
mar a mar, amar, amar.

Vanesa Pérez-Sauquillo

19 DE JUNIO
LOS REGALOS DEL CAMINO

Todos los caminos tienen
un principio y un final,
un cansancio, una alegría
y un descanso en la mitad.

Todos los caminos tienen
algo que dejar atrás,
algo que va con nosotros
y algo nuevo que encontrar.

Todos los caminos tienen
muchos regalos que dar.
Entre todos, el más grande:
la felicidad de andar.

Vanesa Pérez-Sauquillo

20 DE JUNIO
EN ESTA CALLE, SEÑORES

En esta calle, señores,
todo el mundo cante bien,
que a la entrada hay una rosa
y a la salida un clavel.

Y después de haber cantado
daremos la despedida
a la rosa de la entrada
y al clavel de la salida.

(Popular)

AGRADECIMIENTOS

En este volumen, como en *Un poema para cada día de invierno*, me gustaría reiterar mi gratitud a todos los recopiladores pasados y presentes de poesía y canciones populares. A mis editoras, Verónica Fajardo y Laura Tomillo, a Magela Ronda y, por supuesto, a Raquel Díaz Reguera.

Gracias especialmente a Ana Alonso, Mar Benegas, Leire Bilbao, Carmen Gil, Carlos Reviejo y Abdul Hadi Sadoun, por el regalo de sus poemas.

A Alicia Muñoz, mi madre, por la gran biblioteca que ha puesto en mis manos, fruto de toda una vida dedicada a la literatura infantil y su folklore. Es una auténtica «mamá de cuento». De su amor y devoción me siento heredera.

Gracias a Roald Dahl, por pasear conmigo por la playa. A Aidan, que me enseñó a peinar a la lluvia. A Paul por su constante luz. A mi familia, visible e invisible, por existir.